I0686675

J. JACQUES
ROUSSEAU
DÉVOILÉ,

OU

RÉFUTATION DE SON DISCOURS

CONTRE LES SCIENCES ET LES LETTRES;

PAR M. L'ABBÉ AILLAUD,

Professeur de Rhétorique au Collége de Montauban.

Doctrina sed vim promovet insitam;
Rectique cultus pectora roborant.

HORACE.

A MONTAUBAN,

De l'Imprimerie de PH. CROSILHES, place d'Armes.

1817.

AVANT-PROPOS.

———

Au moment où de nouvelles éditions s'empressent de propager les funestes doctrines de J. J. Rousseau, il me paraît très-utile que ces mêmes doctrines soient méthodiquement attaquées et combattues par des écrivains bien intentionnés, cherchant dans leurs nobles travaux à rétablir les mœurs publiques et les véritables lumières.

C'est donc le seul but du discours que je publie. J'ai tâché d'y détruire et d'y pulvériser les ridicules et spécieux sophismes, employés par le philosophe de Genève dans son éloquente diatribe contre les Sciences et les Lettres. Et, loin que ma réponse ne traite qu'un objet purement littéraire, elle embrasse au contraire les grands intérêts de l'ordre social. J'y démontre, en effet, par des raisons solides, que la première erreur volontairement adoptée par Rousseau, était destinée à servir de base et de fondement au nouveau corps de doctrine, ainsi qu'aux romans politiques que cet orateur, trop célèbre, se proposait de répandre, et qui ont fait et font encore chaque jour tant de dupes et de victimes.

Ainsi, on ne doit pas considérer le premier discours de J. Jacques comme seulement une production bizarre, née des caprices d'un génie singulier qui se plaît à se jouer passagèrement de la vérité, mais comme le véritable essai d'une combinaison perfide, qui, par des systèmes successifs, et liés au même principe, ne s'exerçait qu'à inspirer au trop crédule genre humain des espérances folles et des tentatives dangereuses, pour courir après les rêves absurdes d'un chimérique avenir.

Homme, qui que tu sois, quelque contrée que tu habites, tiens sans cesse ouvert le livre de l'Évangile, qui ne ment jamais, et ferme pour toujours celui de la nature, que t'offrent si astucieusement les philosophes, et dans lequel tant de grands génies n'ont su lire que des paradoxes ! Entre ce dernier livre et toi, si tes passions se placent, comment te sauveras-tu de l'imposture ou de l'erreur ? Dans l'Évangile tu trouveras la nature telle qu'elle est, telle qu'elle doit être, sans altération, comme sans obscurité. Tu le sais, l'Évangile nous fut apporté du Ciel, au milieu des miracles. Mais, ai-je besoin de l'histoire pour te prouver sa divinité, quand le plus étonnant des miracles est celui de ses bienfaits ? Il a introduit dans la morale un beau idéal inconnu à la sagesse humaine ; il a rendu vulgaire ce que les sentimens ont de plus sublime, ce que les actions ont de plus grand. Lui seul a pu montrer au monde *Lascasas*, *Saint Vincent*, *Fénélon*, et les Bourgades du Paraguay. A la charité, ne formant qu'une seule famille de tout le genre humain, qu'opposerez-vous, philosophes insensés ou pervers ? Serait - ce des

abstractions qui ont produit tant de fléaux ;
votre philantropie, qui n'a créé que des
monstres ; ou des principes qui ont dévasté
les consciences, comme les empires? Malheureux ! vous avez ravi aux yeux de l'homme sensible le plus beau spectacle que la
terre pouvait lui offrir, celui des peuples
qui s'aimaient et qui vivaient en frères !

J. JACQUES ROUSSEAU DÉVOILÉ,

ou

RÉFUTATION DE SON DISCOURS

CONTRE LES SCIENCES ET LES LETTRES.

———◆✳◆———

CE monde est si tristement désolé par les charlatans, qu'il n'est point d'extravagances qu'on n'ait très-sérieusement adoptées en religion, en politique, en morale, en littérature. L'imbécille Égypte vénéra ses oignons ; le rhéteur *Gorgias* fit admirer aux Grecs ses sentences boursouflées ; *Cratès* se couvrit de boue et passa pour un philosophe ; *Diogène* se pavana insolemment dans son tonneau, et fonda la secte des Cyniques. N'a-t-on pas vu des idiots, ou des fourbes, exalter un *Pyrrhon*, qui doutait de les voir ? Et plus récemment, *Machiavel* n'a-t-il pas érigé en dogmes de pratique, en art de régner, la théorie de tous les crimes politiques ?

Mais il faut pourtant convenir qu'il était réservé au *grand siècle de la raison* de dépasser toutes les rêveries connues. En effet, la nature changée par le hollandais *Spinosa* en un animal monstrueux, et le scepticisme de *Bayle*, renouvelé des Grecs, n'avaient véritablement annoncé que l'effrayante aurore du délire inconcevable dont nous étions menacés. Dans son inextricable métaphysique, suivez le docteur *Helvétius* : il compose un livre sur l'esprit, et il est l'apôtre de la matière. A l'aspect de sa baguette magique, tout se métamorphose, les conséquences arrivent sans principes, les talens naissent dans tous les cerveaux, la moralité s'exile des actions humaines, la sensibilité physique supplée à tout ; religion, honneur, patrie, ne sont que de vain smots ; et, pour faire un *Socrate*, un *Alexandre*, un *Homère*, il suffit à la politique de leur destiner une belle femme pour épouse. Citerons-nous ce

                              prosateur

prosateur glacé, cet insipide *Condorcet*, ce propagateur testamentaire de l'opinion philosophique de *Dalembert;* en un mot, cet absurde panégyriste d'une perfectibilité chimérique, et qui vante niaisement ou hypocritement les progrès de l'esprit humain jusque sur le tombeau de toutes les idées saines et religieuses.

Lisez le pédadogue *Raynal*. Rien ne lui plaît dans ce monde, que la licence et ses déclamations. Il gronde la religion, les rois ; il fait des contes, il calcule, il dogmatise : dans sa fureur oratoire, il a la rage du tigre ; il ne médite que des ruines, en vomissant au loin ses ardentes métaphores et ses périodes interminables. Que dire d'un *Lamétrie*, salissant par ses éruptions bachiques la table où il écrivait son *Homme-Machine ?* Parlerons-nous de l'énergumène *Diderot*, proscrivant, comme de honteuses entraves, les principes de la religion, de la morale, et fondant la prospérité de l'ordre social sur une *juste harmonie dans les passions ?* Harmonie véritablement absurde, impossible, idéale, puisque deux passions opposées, se balançant avec justesse, avec efficacité, produiraient, par une égalité de résistance, une immobi-

2

lité morale , et conduiraient l'homme à l'inaction et au repos. Quel misérable législateur, que ce *Diderot!* Voyez-le sur l'arène des opinions se débattre comme un gladiateur ; et de contradictions en contradictions , rouler dans la fatalité, se précipiter dans l'athéisme. Ses armes sont des injures ; ses lumières, les sombres ténèbres du chaos , à travers lesquelles on ne peut distinctement apercevoir que le fer parricide dont il eût voulu frapper les rois , et que la torche sacrilége dont il cherchait à embraser nos temples. A côté des tristes créations d'un furieux dans le délire , hâtons-nous de placer avec juste raison les faux calculs d'un lourd visionnaire , qui , hérissé d'abstractions , d'hypothèses , suppose gratuitement à notre globe une antiquité qui n'existe que dans son cerveau. N'est-il pas , en effet , incontestablement reconnu , par tous les savans dignes de ce nom, que l'origine récente et bien prouvée des sociétés humaines , de notre civilisation, de nos sciences , de nos arts , de nos lois , de notre commerce , attestent, par des argumens indestructibles , la vérité consacrée dans la Bible , dans le plus ancien livre que l'on connaisse ?

Après ces écrivains médiocres, dont la célébrité a été si ridiculement encensée par des ignorans, ou par des hommes mal intentionnés, ne nous serait-il pas permis d'interroger *Voltaire*, sur le théâtre de ses escarmouches philosophiques, et de faire rougir le siècle qui le déclara son législateur ? Qu'on vante ses beaux vers, son génie ; qu'on le proclame le tragique par excellence, sans détrôner pourtant ni Corneille, ni Racine ; que ses pièces fugitives soient le *nec plus ultra* des aimables délassemens de l'esprit ; que la Henriade soit le plus beau poëme de notre langue, quoique le dernier des poëmes épiques estimés ; qu'en se réservant son éloquence et sa gravité, *Tite-Live* lui ait légué son talent pour la narration historique ; qu'on le reconnaisse encore pour un romancier inimitable : eh bien ! j'y consens ; sous ces rapports, son mérite est éminent, il est incontestable. Mais qu'un frondeur, à la manière de *Julien*, qu'un écrivain peu méditatif, qu'un élégant dessinateur de superficies nous soit, en matière grave, cité, présenté comme un peintre profond, comme un rare penseur, comme un digne régulateur des opinions publiques,

c'est le comble du ridicule , c'est l'oubli
de tous les principes. Pour avancer un
tel axiome , il faut singulièrement compter sur la frivolité de la plupart des
lecteurs , comme sur l'inépuisable fonds
de la sottise humaine. Je suis en effet,
et bien franchement , tenté de croire que
de toutes les têtes soi-disant philosophiques , celle de M. de Voltaire , quoique
sous le diadème , est la moins pensante ,
la moins propre à l'analyse , la moins
capable de construire un système quelconque , lié à un principe unique , d'où
les conséquences dérivent , si ce n'est
pas toujours avec clarté , du moins avec
une apparence d'ordre et de raisonnement. *Helvétius* et *Diderot* sont certainement deux faiseurs de rêves - creux ,
bien dignes d'être réclamés par la philosophie indienne : mais enfin , ils font quelquefois preuve de suite , de liaison dans
les idées , de quelques traces de logique ,
jusque dans l'abus qu'ils font de cet art ,
et jusque dans les excès de leur démence.
Ne cherchez rien de tout cela dans M. de
Voltaire. Des prêtres dans les pyramides , *Platon* dans le lycée , *Aristote* dans
son école , *Pythagore* dans sa grotte ,
Anaxagore auprès de *Périclès*, dévoi-

laient, prouvaient, fondaient très-sérieusement et avec méthode la théorie de
tous les principes, la véritable éloquence,
la physique, la politique, la morale ;
enfin, toute la chaîne de nos connaissances ; leurs leçons étaient graves, rai-
sonnées, soumises à l'analyse. Aussi
n'avaient-ils pour auditeurs qu'un nombre limité d'initiés ou de disciples. L'école
de M. de Voltaire, plus accessible et
plus libérale, est ouverte à tout le genre
humain. A la vérité, le grand mot de
philosophie est cloué au frontispice ; mais
dans l'intérieur une gaîté licencieuse rem-
place l'ennui des discussions, la science
s'y dépouille de ses épines ; elle y est
plutôt entrevue que pénétrée ; elle y fait
plutôt des irruptions que des conquêtes ;
elle y éclate en aperçus, en sentences ;
et quand le fond résiste, on y a recours
à la logique des sarcasmes ; on y proscrit
toute contention d'esprit ; on s'y effarouche du syllogisme, du dilemme ; le ridicule y fait la force des argumens, et les
leçons s'y donnent en saillies. Du reste,
point de système profond, alambiqué ;
on y rit de tout, du vice comme de la
vertu ; on y ment, on y calomnie, on
y tronque les livres avec privilége ; on

y parle de sagesse, de mœurs pour la
forme, des rois par crainte, de tolérance
par besoin, des plaisirs par goût, de fatalité
pour excuse. Aussi, grâce à l'indulgence
du maître et aux scènes comiques de
l'instruction, cette école badine a impri-
mé son nom sur le siècle qui la vit naître ;
elle a répandu sur tout le globe les articles enjoués de ses plaisanteries anti-
religieuses. Ils se glissent sous le chaume
comme sous les toits dorés, et moyennant
de fortes contorsions, données dans ces
aimables libelles au sens véritable de
quelques mots dénaturés à dessein, on
mène, pour ainsi dire, à la lisière, les
fous, les enthousiastes, les ineptes, dont
cet Univers abonde, et on les conduit,
on ne peut plus gaîment, vers l'immo-
ralité et au précipice des révolutions.
Oui, et je le déclare avec toute la conviction dont je suis pénétré, dans l'école
de M. de Voltaire, les bons mots tiennent lieu de preuves, et la dialectique
est sacrifiée à l'élégance d'un babil audacieux. Osons le dire : qu'on parcoure,
qu'on feuillette avec soin cette innom-
brable quantité d'écrits dirigés contre la
religion par le philosophe de *Ferney*,
et qu'on tire de cet intarissable et brillant

verbiage un seul ouvrage, un seul cha-
pitre où l'on puisse découvrir une attaque
régulière, ayant un plan, de l'ordre, une
combinaison méthodique d'idées et d'argumens, dont la série est indispensable-
ment nécessaire à tout discours pensé ?
Certainement l'enthousiaste le plus effréné
sera, sur ce point, forcé de se déclarer
en défaut, et dans l'impossibilité de détruire mon accusation. Ainsi donc, inca-
pable de creuser en avant, étranger à
tout esprit de méditation, inhabile à at-
taquer la religion chrétienne dans tout
l'ensemble divin de son admirable éco-
nomie, notre histrion philosophe s'épuise
en marches irrégulières ; il harcelle sans
entamer, il s'élance çà et là par sauts
et par bonds ; il frappe au hasard, de
sa légère marotte, les parties détachées
de ce majestueux édifice. Voyez-le courir
à ce qu'il appelle des combats : semblable à un charlatan qui cherche à éblouir
pour débiter ses drogues, notre étince-
lant athlète s'offre dans l'arène tout illuminé de paillettes ; il s'entoure de poin-
tes, d'antithèses, de facéties. Armé de ses
épigrammes, il osera lutter contre le grand
génie de *Pascal* ; et après avoir, en
bouffon épilogueur, amusé, diverti la

multitude , prenant tout-à-coup l'impo-
sante gravité des oracles, nouveau *Péri-*
clès , il s'écriera : je suis vainqueur !
C'est pourtant ce mince raisonneur , al-
lant au gré d'une imagination capricieuse,
dont la mobile pensée s'enflamme , ou
se refroidit , sans trop savoir pourquoi ,
qu'une tourbe insensée de novateurs a
élevé, sans rougir , aux honneurs de la
dictature philosophique. Croit-on nous
en imposer , en nous vantant les grâces
de sa prose vive , coulante , émaillée des
fleurs de la plus élégante diction? Vains
artifices ! Nous ne lui disputerons pas son
heureux don d'écrire dans tous les genres
de littérature ; mais nous lui refuse-
rons obstinément toute disposition à discuter , à approfondir un sujet quelconque , lorsqu'il voudra fixer , sur des ma-
tières sérieuses , sa folâtre raison , dont
la très-volatile substance se perd dans la
profondeur , et ne se joue que sur des
surfaces.

Mais il ne s'agit pas aujourd'hui de
combattre un bel esprit qui frétille , au
lieu de raisonner ; mais il s'agit dans ce discours de renverser le système dangereux
d'un homme de génie, à la fois éloquent
et logicien , mariant avec un art admirable

ble les ressources du pathétique, les richesses d'une brillante imagination, et la véhémence de son inflexible misantrhopie. Homme véritablement sublime, né pour devenir un philosophe du premier ordre, si l'amour de la célébrité n'avait détourné sa pensée des routes que la vérité ouvrait devant lui, et si la lecture des romans n'avait, dans un âge tendre, rempli son cerveau d'idées fausses et bizarres, dont les impressions vives égarèrent son jugement. Ne peut-on pas encore attribuer sa prédilection pour le plus inconcevable système, aux contradictions qui exaspérèrent sa jeunesse, et à son humeur sombre et indomptable qui lui fit prendre la société en aversion ? S'il faut enfin déclarer avec franchise toutes les causes d'erreur agissantes sur l'esprit de cet écrivain, je crois en reconnaître la principale dans une véritable démence née de l'exaltation de son génie, de son impétueuse sensibilité, et dont se ressentirent également ses écrits et ses actions. Ah ! si à la place de futiles romans, une doctrine saine eût occupé J. Jacques au premier essor de son intelligence et de ses facultés morales, elle eût prévenu, dans son esprit, ce vague, cette incertitude,

3

qui ne le quittèrent jamais ; et cet écrivain admirable, le premier orateur de son
siècle, eût été *Montesquieu* pour les lois,
Tacite pour l'histoire, *Fénélon* dans la
morale ; et il n'eût courbé sa raison que
devant celle de *Pascal*, et son éloquence
que devant le seul *Bossuet*.

Ainsi, privé d'une direction salutaire,
celui qui était destiné à devenir l'oracle
de ses contemporains, n'en a été que le
sophiste le plus dangereux, le plus accré-
dité ; et cela ne pouvait arriver autrement.
En effet, sans la boussole des vrais principes, comment *Rousseau*, toujours em-
porté par son ame ou par son imagination,
toujours aigri par ses infortunes, ou trom-
pé par son humeur sauvage, eût-il pu
défendre sa raison contre tant d'ennemis
ligués pour la submerger ?

Eh bien ! leur pouvoir opère, leur
triomphe est complet. Voyez l'infortuné
J. Jacques : il lit le sujet proposé par
l'Académie de Dijon ; l'amour du merveilleux le gagne, sa tête s'enflamme, son
esprit franchit toutes les révolutions morales ; il crée aux hommes une enfance
imaginaire ; dans son délire, il croit voir
des choses admirables ; il s'exalte, il se
passionne pour son ouvrage, comme

Pygmalion pour sa statue ; il tombe aux pieds d'un arbre de *Vincennes*, accablé, *suffoqué du poids de ses idées*. Bientôt *inondé de sueur*, il sort de ce spasme philosophique, de cette léthargie pensante : mais, à l'entendre, il en sort avec les lumières d'un Dieu ; il se fait jour, il perce avec assurance à travers le chaos de ses idées tumultueuses. Déjà ses pensées s'épurent, se simplifient, forment un tout, et l'homme primitif est annoncé à *Diderot* et à l'Univers.

De bonne foi, sont-ce bien là les préludes d'une raison calme et législative ? Ne reconnaît-on pas plutôt dans les effets de ces convulsives inspirations, ou les déplorables rêveries d'une raison qui s'égare, ou le manége d'un charlatan habile, ou les contorsions étudiées de la Sybille de *Cumes*, ou celles de la Prêtresse d'*Apollon* ? N'est-ce pas enfin, avec un appareil aussi fastueux, que les magiciens et les astrologues débitaient autrefois leurs mensongères prédictions ?

Le voilà donc, cet illuminé *J. Jacques*, à la faveur d'une vision folle, romanesque ou controuvée, transformé tout-à-coup en un infaillible scrutateur de l'histoire du genre humain. Lui seul a

deviné une énigme impénétrable aux siècles antérieurs, aux plus grands philosophes qui l'ont précédé. En un moment
son génie, semblable à celui de César, a
tout vu, tout connu, tout vaincu. Plein
de l'orgueil qui le transporte, il se déclare
le seul oracle que les hommes doivent
croire, le seul homme né pour instruire
et édifier.

Déjà même un rayon prophétique lui
laisse entrevoir des générations futures
dont ses maximes doivent faire le bonheur, et *Diogène* sortant de son tombeau
pour déposer à ses pieds son errante
lanterne. Mais enfin si, laissant un absurde enthousiasme à de crédules disciples, nous osons aborder de près cette
découverte extraordinaire dont *J. Jacques* se montre si épris, si enorgueilli,
si jaloux, ne nous fera-t-elle pas sourire
de pitié? et ne trouverons-nous pas en
elle les erreurs ordinaires d'un esprit
échauffé par la folie, plutôt que la conception sûre et profonde d'une tête méditative, exempte d'illusions et de faiblesse? Que signifient, en effet, ces hommes primitifs, pendant des milliers de
siècles, vivans dans des forêts immenses,
sans penser à rien, sans autre sentiment

que celui de leurs besoins physiques, propageant leur espèce à la manière des brutes, et heureux de leur isolement, de leurs déserts, de leur stupidité ?

C'est néanmoins un si misérable état de choses que notre enchanteur ne rougit pas de décorer des belles couleurs de l'âge d'or. N'est-ce pas vers la chimérique existence d'une ère aussi repoussante que fantastique, que *J. Jacques* voudrait faire rétrograder ses semblables, après avoir, à leurs yeux, décrié, injurié et presque foudroyé l'ordre social ? Comme pourtant tout le prestige de ses périodes ne parviendrait pas à peupler les forêts par d'abondantes émigrations, notre rusé philosophe propose un expédient qui lui paraît d'une admirable facilité d'exécution ; il procède ainsi. Vu que nos institutions sont vicieuses, l'apôtre moderne des nations présente, en termes très-insidieux, aux amateurs des belles mœurs de son *homme primitif*, un moyen sûr de se rapprocher de la nature, telle qu'il la conçoit, même en vivant sous l'empire corrupteur des sociétés humaines. C'est même pour appuyer de la risible autorité d'un exemple idéal l'incompréhensible abstraction de son *Homme - Machine,* qu'il a composé son Traité sur l'Éducation. Là, par un effort d'imagination et de perfidie oratoire, on voit son *Émile* seul, de tout le genre humain être à la fois *homme naturel*, *homme civilisé*, et, en équilibriste parfait, conserver ses vertus, son indépendance au milieu des entraves et des vices de la société.

J. Jacques ne s'en tient pas à ce coup de force. Comme il n'ignore pas qu'il ne suffit pas d'avoir formé un seul élève de la nature pour mériter la reconnaissance de l'humanité, il brûle d'étendre les bienfaits de sa mission ; et dès-lors le législateur d'*Émile* veut le devenir de l'Univers. Pour faciliter donc le succès de son école, et la propagation des lumières inconnues jusques à lui, *J. Jacques* se hâte de proposer à toutes les nations *un nouveau gouvernement politique*. Les droits de l'homme en formeront les bases ; ce code merveilleux effacera jusqu'aux traces de toute usurpation exercée sur le bonheur et sur l'indépendance de l'homme. Dès-lors tout se façonnera, tout se contournera suivant l'heureux moule de sa perfectibilité législative ; le culte, les lois, les passions, les magistrats, les administrés. Le citoyen sera dès-lors *homme naturel constitutionnellement*, et homme civilisé sans péril. Des sources de l'instruction publique, imbibée de ses principes vivificateurs, sortira une pépinière d'*Émiles* tous *civilement éléves de la nature*, et tous exempts des souillures du précédent ordre social. Qu'il est curieux de voir J. Jacques plonger fastueusement çà et là ses regards prophétiques : il voit les générations futures adopter tous les articles de son code régénérateur. Dès-lors tout s'embellit à ses yeux, l'âge d'or revient sur la terre ; le bon homme pleure de sensibilité, en voyant le bonheur public naître en quelque sorte d'une visite qu'il faisait à *Diderot*.

Qui croirait cependant que la prétention d'établir de nouvelles idées, de fonder une nouvelle doctrine, peut égarer un génie supérieur, au point de lui faire proposer aux hommes, pour règles de conduite, des rêves dignes des *Mille et une Nuits* ? Mais comme la mysantrhopie a ses degrés, et que ses plus bizarres productions sont toujours précédées de quelques essais, quelle fut donc la pierre angulaire du singulier édifice élevé par *J. Jacques*, pour remplacer notre si anti-naturel édifice social ? Cette pierre

angulaire fut son discours, ou son li-
belle contre les Sciences et les Lettres.
Cet ouvrage est véritablement le fondement et l'exorde du nouveau corps de
doctrine composé par *Rousseau.* Quelle
raison pourtant a pu le porter à combattre, à noircir des objets respectés
par tous les siècles ? Serait-ce une haine
bien déterminée contre toute école d'instruction et de bel esprit ? ou bien, ne
serait-il devenu détracteur et satirique
que pour les intérêts des sociétés humaines ? Sous le premier rapport, on devrait
excuser sa franchise ; sous le second, son
humanité large et cosmopolite. Mais, de
bonne foi, ne sont-ce pas des passions
moins généreuses que l'on fait agir ? Oui,
son orgueil indomptable brûlait d'envahir
une réputation exclusive, la rénommée
du siècle, en prédominant les innova-
tions modernes par l'invention d'un système habilement combiné : ainsi, pour
arriver à son *homme primitif,* il fallait
couronner l'ignorance sur les débris de
toutes nos institutions. Ce n'est donc pas
sa conscience qui lui inspira une diatribe
en secret désavouée par elle ; ce fut uni-
quement son projet bien perfide et bien
médité, d'égarer l'opinion publique et de
renverser

renverser toutes les idées reçues. Oui, j'entre dans une bien juste indignation, quand je songe qu'un système aussi absurde, aussi incohérent, aussi insoutenable que celui de *Rousseau*, a été au moment de faire tourner la tête au genre humain. Ce n'est donc pas quelque partie isolée de sa monstrueuse législation que je me ferai un devoir de combattre, mais le corps entier de sa doctrine dangereuse et erronée. Je présenterai la vérité, le sens commun, la nature elle-même éloquemment outragés dans son discours sur l'*Inégalité des conditions humaines*. Une analyse franche et exacte des principes généraux dont cet orateur se sert pour élever son *Émile*, fera voir toute l'absurdité de son Traité d'Éducation ; et son Contrat social, dont je démontrerai les principes prestigieux et les funestes conséquences, se changera, dans mes solides objections, en une arme meurtrière offerte à la tourbe inepte des *Séides* par des méchans, des fourbes, ou des ambitieux. Mais, pour agir avec ordre, avec méthode, je devais, avant tout, venger les Sciences et les Lettres de l'injurieuse inculpation dont J. Jacques n'a pas rougi de les flétrir par une injuste *Phi-*

4

lippique. Cet écrivain , inimitable sous les rapports du style , a osé énoncer et proclamer une opinion entièrement opposée à la vérité. Il résulte de ses principes que les lumières, que les connaissances sont nuisibles aux hommes et aux empires ; que bien loin que les mœurs aient une influence directe sur les Lettres, ce sont au contraire les Lettres qui tiennent les mœurs dans leur dépendance, et *que nos ames se sont corrompues, à mesure que nos sciences et nos arts se sont avancés de la perfection.* Cette opinion lancée à dessein, défendue par tout l'éclat du génie, a laissé une trace durable sur les esprits superficiels ; et jusques à ce que ce sophisme perfide soit méthodiquement attaqué et détruit, il sera toujours le point de ralliement pour cette classe nombreuse d'hommes qui confondent celui qui pense bien , avec celui qui raisonne avec justesse , et dont la stupide admiration croit l'infaillibilité attachée à des discours fleuris et éloquens. J'ose donc entreprendre de combattre une opinion subversive de la dignité de mon être ; et si mon adversaire a pour lui le raisonnement et l'éloquence , j'ai pour moi la raison et la vérité.

Qui croirait, en effet, qu'en consi-
dérant les Sciences et les Arts en eux-
mêmes, *J. Jacques* s'efforce de leur trouver une origine impure ? Il attribue l'Astronomie à la superstition ; l'Éloquence,
à l'ambition, à la flatterie ; la Géométrie, à l'avarice ; la Physique, à une vaine
curiosité...... Peut-on confondre, d'une
manière plus évidente, l'abus de l'art avec
l'art lui-même, et dénaturer aussi astucieusement des choses bonnes de leur
nature ? Analysons le principe posé par
Rousseau, et par les conséquences nous
en démontrerons l'absurdité. Pour attein-
dre ce but, indiquons le véritable sens
que *Rousseau* entend donner à sa propo-
sition. Par exemple, il prétend, sans
détour et sans ambiguïté, attribuer une
origine criminelle à l'Astronomie, comme
n'ayant été produite que par la superstition. Le parti qu'il veut tirer ensuite de
cette circonstance, n'est-il pas celui de répandre une sorte de défaveur et d'oppro-
bre sur cette science, en étendant sur elle
le mépris injuste dont un vulgaire imbécille accable un fils, quelquefois vertueux,
pour les fautes d'un père qui s'est désho-
noré. Quel misérable argument ! et quelle
dangereuse conséquence ! Si elle était ad-

mise, la morale en serait anéantie. En effet, le zèle pour la religion, inspiré par la seule vue des désordres de l'impiété, aurait dès-lors à rougir des motifs qui l'auraient fait naître ; la tempérance, née à l'aspect des excès de l'ivresse, aurait encore de semblables reproches à essuyer ; la charité parfaite n'éviterait pas non plus la proscription, si, dans son origine, elle avait été provoquée en quelque sorte par la seule crainte des jugemens de Dieu ; le remord enfin, et le repentir, flétris par leur analogie avec l'opinion de *J. Jacques*, porteraient un caractère évident de réprobation, puisqu'ils devraient leur naissance ou à des fautes, ou à des crimes.

Mais, sans nous arrêter à combattre sérieusement une indécente subtilité, osons déclarer que l'Astronomie, aussi utile dans ses observations, que pure dans sa naissance, a victorieusement combattu la superstition ; qu'elle a fait voir des effets naturels et physiques, là où les fausses terreurs de l'ignorance croyaient trouver des causes menaçantes et surnaturelles. L'Astronomie nous a appris l'action, l'harmonie, les révolutions des corps célestes ; et si dans la suite, abusant de la connaissance des astres, les hommes leur ont

adressé un culte, leur ont attribué une influence dont l'erreur a produit l'*Astrologie
judiciaire* ; dès-lors l'abus de la science a
commencé, sans qu'on puisse rendre la
science en elle-même responsable du crime de quelques charlatans habiles, recou-
rant au merveilleux pour régner sur des
ineptes. Mais, passons à un autre objet,
et examinons si la Physique et l'Histoire
naturelle ne s'exercent que sur des choses
vaines, et par conséquent inutiles à la
vertu. Pour résoudre ce problème, il
suffit de proposer la question suivante :
« La connaissance de la Divinité peut-
» elle être indifférente ? »

Je sens bien que le ridicule inventeur
de l'*homme primitif* ne doit mettre aucun
intérêt à éclairer nos esprits : mais nous,
qui voyons avec douleur la Divinité ou
méconnue, ou défigurée, ou outragée
parmi des peuplades errantes et grossières,
nous confesserons avec ingénuité qu'en
offrant à notre admiration les lois, les
phénomènes, les beautés éparses et variées
de la nature, la Physique, l'histoire de
cette même nature, nous donnent de la
Providence une idée grande et sublime
comme elle. Sans ces notions préliminai-
res, la morale individuelle ou publique

sera toujours vicieuse et sans fondement.
Un sauvage ne peut pas être vertueux
par instinct, lorsque ce même instinct est
exposé, en morale, aux erreurs de l'ignorance, aux surprises des passions.

Si des Sciences que nous avons justi-
fiées nous arrivons à la Géométrie, pense-
t-on que nous éprouverons quelque diffi-
culté à la défendre ? En vain dans ses
invectives *J. Jacques* se complaît à attribuer à l'avarice l'origine d'une science
toujours armée contre les usurpations de
cette même avarice, et qui, dans l'ordre
social, est en quelque sorte la sauvegarde
de nos propriétés. L'ambition, la flatterie,
s'écriera encore l'éloquent sophiste, ont
créé l'Éloquence ! Rousseau se trompe.
L'Éloquence est un talent naturel, indé-
pendant de nos vices, de nos vertus, et
qui prend les couleurs de notre moralité
individuelle. Avec elle, *Ciceron* sauva sa
patrie ; avec elle, *Mirabeau* la renversa.
Ainsi, considérée sous ses rapports primitifs, l'Éloquence est toujours ce qu'elle
fut, ce qu'elle doit être, une perfection
dans l'art de concevoir, de sentir et de
s'exprimer ; fonder les sociétés, instruire
l'homme de ses devoirs, prêcher la religion, défendre l'innocence, poursuivre

les crimes, créer et protéger l'autorité publique : voilà sa première destination. Si on la détourne de ces objets, l'homme seul est coupable. *Lucrèce* cessa-t-elle d'être vertueuse au milieu des entreprises du fils de *Tarquin ?* Il en est de la Poësie comme de l'Éloquence : ce bel art qui consiste à renfermer la pensée dans des expressions mesurées, dont l'enfance ne s'exerça qu'à célébrer les dieux, les héros et la vertu, sera-t-il métamorphosé en une inspiration sacrilége, parce que des hommes impies en feront l'organe de leurs sentimens dépravés ! La Musique, née pour accompagner nos hymnes, les hommages rendus au Créateur ; la Peinture, destinée à nous reproduire les merveilles de Dieu, seront-elles des arts frivoles et dangereux, parce qu'un artiste efféminé fera entendre des sons voluptueux, ou parce qu'un peintre sans morale fera revivre sur la toile les scènes de *Joconde* et de *Sibaris ?* Il est donc aisé de se convaincre que le philosophe de *Genéve* s'est étudié à confondre l'art avec ses abus : son discours n'est donc qu'un jeu d'imagination, un véritable sophisme ; et l'Académie de Dijon outragea la vérité, pour couronner des phrases bien arrondies.

O vous tous, malheureux disciples d'une philosophie qui vous égare, descendez avec moi par la pensée dans les souterrains religieux des antiques pyramides ! Là, auprès de la cendre auguste de ces prêtres révérés, qui formaient les sages, les savans, les législateurs, vous trouverez les souvenirs des plus hautes vertus gravés sur les monumens de la science la plus sublime.

Mais établissons enfin un raisonnement décisif tiré de la nature même des choses, et procédons ainsi : L'homme est-il né pour l'état sauvage, ou pour vivre en société ? Certainement le problème est déjà résolu pour tout esprit droit et sensé. Eh bien ! si l'homme est né pour la société, il est né pour les lumières. La science du gouvernement est si compliquée, la connaissance des devoirs du citoyen si essentielle, la formation des lois exige tant d'intelligence et de sagesse, et la sagesse, en ce sens, tant de combinaisons et de ménagemens, que l'étude de la politique, prise sous ses vrais rapports, est nécessaire à plusieurs, et celle de la morale à tous. Or donc, l'instruction est nécessaire à l'homme, puisque l'homme a été destiné à vivre en société ;

car

car les arts mécaniques ne suffisent qu'à une partie de ses besoins. Ainsi, si les connaissances sont nécessaires à l'homme, il a dû recevoir avec la vie des dispositions pour les acquérir ; et s'il marche en souverain parmi les êtres créés, il doit cette suprématie moins aux grâces de son corps, qu'aux facultés de son intelligence. Donc en cherchant à connaître, il ne fait que céder à sa constitution morale, au vœu de la nature, aux ordres de la Providence ; et loin que cette curiosité innée avec lui soit un vice, elle est, au contraire, un heureux mobile qui lui fait étudier et aimer la vertu. Les Sciences et les Lettres sont donc une occupation noble ; elles exercent notre esprit, comme la *gymnastique* exerçait notre corps. L'homme étant composé de deux substances, on ne peut condamner l'une à l'action et l'autre au repos : l'ignorance est le sommeil de l'ame ; l'étude lui donne le mouvement. *Rousseau* affecte en vain de prendre la contemplation pour la pensée. La pensée est inhérente à l'ame ; elle en est l'action ; et l'ignorance est pour elle ce que l'oisiveté est pour le corps. L'une est un voile ténébreux qui obscurcit la plus belle moitié de l'homme ; l'autre, excepté pour ses besoins physiques , rend inutiles son courage , son industrie , son agilité.

La science et l'instruction , renfermées dans leurs justes limites, seront donc le plus bel ornement de la société, puisque l'ame est notre plus bel attribut ; et si les ouvrages de nos mains ne peuvent être comparés aux opérations de notre esprit , l'homme, dans un état d'ignorance , est donc un être dégradé ; tandis que , instruit et vertueux , il s'offre à nous dans un état de perfection.

Peut-on se refuser au plaisir d'opposer au spectacle humiliant des hommes *primitifs* de Rousseau, ou des huttes habitées par des sauvages stupides et féroces, cette belle décoration que produisent les Sciences et les Arts ? Contemplez ces canaux , ces labyrinthes , ces pyramides , ce temple magique, où le ciseau de *Phidias* semble fixer Jupiter lui-même ; ces théâtres , où des héros qui ne sont plus revivent avec leurs propres actions. Suivez *Démosthène* dans la place publique ; il tonne , il persuade , il enchaîne les passions par les passions mêmes ; son éloquence a créé des armées. Admirez *Archimède* ; lui seul et son génie sont le

bouclier de *Syracuse*. *Descartes* paraît ;
la pensée sort du chaos ; *Newton* pénè-
tre le système harmonique des mondes.
Voyez *Pascal* ; dans un corps desséché
par les frayeurs, il cache une ame de
feu, un génie qui dévore les ténèbres,
une éloquence qui creuse et dissout les
sophismes. Ciel ! je marche au milieu des
prodiges ; *Buffon* nous montre la nature ;
nos physiciens la font agir ; et tandis que
l'art se joue de ses lois, que nos vais-
seaux font le tour du monde, que *Fran-
cklin* fait descendre la foudre, que *Du
Rosier* s'élance dans les airs, que la
chimie décompose ou rassemble les élé-
mens, que *Vaucanson* donne la vie à un
automate, les saisons sont vaincues dans
nos serres, et des fleurs s'y épanouissent
au milieu des hivers. Voilà les Sciences
dans leurs grands effets, et qui comman-
dent l'estime et l'admiration. C'est sous
leur empire et sous celui des vertus que
l'homme est un être privilégié, le roi de
l'Univers, le chef-d'œuvre d'un Dieu
dont il nous retrace l'image.

Mais il me reste une objection véritablement spécieuse à détruire. *Rousseau*
prétend que dans les états purement civi-
lisés, c'est-à-dire, qui ignorent les Scien-

ces et les Arts, les citoyens ont plus de
mœurs, et que par conséquent ce sont
ces mêmes Sciences et ces mêmes Arts qui
nous corrompent dans les états polis, et
qui les entraînent rapidement vers leur
dissolution et vers leur ruine entière.
Cette observation est-elle une vérité, ou
un paradoxe ? Suivons *Rousseau* pas à
pas, et ne dissimulons aucune des raisons
qui peuvent le servir. A l'entendre,
avant la destruction de Carthage, *Rome*
offrait dans son sein les mœurs les plus
parfaites, le mépris de l'or, l'amour de
la patrie, un égal respect pour les dieux
et les lois ; *Rome* enfin possédait tout,
la vertu, la liberté, le courage. Pour
ajouter à l'effet du tableau, par le secours
d'une *Prosopopée* combinée habilement,
il évoque l'ombre des *Fabrices*, et à l'aspect du changement opéré dans les passions publiques, il l'arme d'une apostrophe ingénieuse ; il lui fait dire beaucoup
de bien de lui, de ses collégues au sénat,
et beaucoup d'injures à leurs descendans.
Bientôt l'ombre mélancolique conclud sa
diatribe par le renvoi formel des peintres, des statuaires, des sophistes, des
orateurs, auxquels elle attribue tout le
désordre ; et la péroraison expire enfin en

légitimant le crime des conquêtes et en donnant à la victoire la mission de prêcher la vertu. Je me hâte donc de prouver évidemment que *Rousseau* se trompe dans le choix des objets contre lesquels il dirige ses attaques. N'est-il pas vrai qu'il ferme volontairement les yeux sur les délits du passé, ou sur les causes qui devaient en diminuer le nombre, pour déployer à son aise les fureurs de son hypocrisie philosophique contre les scandales d'un présent injustement immolé au succès de son ridicule système?

En effet, ce n'est pas parce que les Romains devinrent plus polis, plus savans, plus éclairés, qu'ils devinrent plus corrompus ; mais parce qu'ils étendirent trop loin les limites de leur territoire ; parce que l'action plus compliquée de leur gouvernement devint plus lente, moins efficace ; parce qu'ils multiplièrent trop leurs généraux, leurs proconsuls, leurs armées, et que leurs passions excitées par des jouissances s'agrandirent avec les conquêtes. Qu'arriva-t-il enfin de toutes ces causes réunies ? que leurs chefs furent plus redoutables par leur nombre, plus enhardis par l'impunité ; qu'insensiblement ils devaient s'accoutumer aux mœurs des peuples qui leur obéissaient, et que *Rome* devait enfin cesser d'être leur patrie, quand ils vécurent ou qu'ils régnèrent loin d'elle. Ce ne sont donc ni les *Ennius*, ni les *Térence*, ni les *Virgile*, ni les *Varron*, qui amollirent les Romains ; mais bien plutôt les Laïs, les danses grecques, les festins immodérés, l'abondance des richesses. A cette époque excluez les Lettres, *Rome* aurait-elle péri un jour plus tard ? N'attribuons donc la seule cause de la perte de ses mœurs, qu'à l'extrême avarice excitée par le luxe de tous, et qu'à l'ambition excessive de plusieurs, dont les excès furent favorisés par les distances, par des complices, par des espérances et des intérêts privés. Les Sciences et les Arts furent donc étrangers aux sanglantes dissentions dont *Rome* fut successivement le théâtre ; et s'ils y participèrent, ce fut pour en affaiblir l'atrocité.

Mais enfin, pour dévoiler le charlatanisme de *J. Jacques*, jugeons impartialement les Romains si vantés avant et après l'âge des *Curius* et des *Fabrices*. Quoi qu'on en dise, parmi ces antiques sénateurs on trouve à la fois le mépris pour les richesses qu'ils ne connaissaient pas, et une tendance héréditaire d'envahir celles qu'ils connaissaient, je veux dire, les terres conquises. N'est-ce pas, en remontant à ce prétendu âge d'or de la justice, qu'on découvre la source et le principe de ces grandes usurpations *des Terres* nationales, dont la revendication entretint constamment dans Rome un foyer de trouble et de divisions ? Ces sages, qu'on nous dit si épurés, si admirables, n'allumèrent-ils pas, de leurs mains *incorruptibles*, ce feu perturbateur qui ne s'éteignit qu'avec la liberté publique ? Osons le dire sans ménagement et sans dissimulation : à ces époques tant préconisées, les Romains n'ont-ils pas éprouvé les passions les plus furieuses ? Et si leurs effets ont alors été moins effrayans, c'est qu'ils avaient moins de pouvoirs à usurper, un thâtre moins vaste, et moins de concurrens à écarter. Aux premiers jours de leur monarchie, ces Romains *primitifs* n'ont-ils pas vu assassiné par des sénateurs jaloux de son autorité, un *Romulus* qui avait tué son propre frère ? Ces mêmes Romains n'ont-ils pas produit un audacieux *Sextus* ; une *Tullie* parricide ; un *Brutus* assez lâche pour jouer l'insensé sous le despotisme, et assez ambitieux pour immoler ses pro-

pres fils sous la république ? Ces Romains
n'ont-ils pas connu la trahison dans ce
sénat fanatisé par le même *Brutus ?*
N'ont-ils pas connu l'abus de la victoire,
en écartelant un général vaincu ? Ne chas-
sèrent-ils pas, par envie, un *Coriolan*
qni s'arma contr'eux par vengeance ? Leur
tribunat ne fut-il pas alors, comme il
le fut depuis, une arène ouverte à l'ambition, aux calomnies, aux complots ?
Oui, je crois pouvoir comparer l'action
de *Virginius* sur sa fille, à celle d'un
farouche sultan sur *Irène*, sa favorite ;
et si je fais honneur à *Manlius* d'avoir
sauvé le *Capitole*, je ne dois pas oublier
qu'il songeait à l'asservir. Quelle associa-
tion plus criminelle que celle des *Décem-
virs ?* Le sénat ne fut-il pas toujours
alors, envers le peuple, comme il le fut
depuis envers *Carthage*, avare, hautain,
impitoyable ? A-t-il laissé quelque acte
de scélératesse à inventer après lui ? et
si on prodigue tant d'éloges à quelques-
uns de ses membres pour s'être si géné-
reusement dépouillés de leurs dictatures,
n'oublions pas qu'ils auraient eu bien de
la peine à s'y conserver.

Cessons donc d'exagérer les antiques
vertus de *Rome*, et répondons à *Rousseau*

seau qui s'extasie, qui baisse son front dans la poussière, en nous rappelant les vertus de *Sparte*. Disons à cet orateur fallacieux, que si les Spartiates ont fait de si grandes choses, ce ne fut pas parce qu'ils ignoraient les Sciences et les Lettres, mais parce que la politique de *Lycurgue* avait banni de la république l'or et l'argent, dont le premier aspect fit depuis, à *Platée*, un conspirateur de *Pausanias*. Ajoutons encore à ses vaines déclamations que si Sparte eût été éclairée, elle n'eût pas applaudi à une furieuse, cherchant à donner la première la mort à un fils coupable, encore moins aux *noyades* dans l'*Eurotas*, et aux massacres des *Ilotes*. Enfin, ne forcerai-je pas *Rousseau* à convenir que jamais des principes aussi barbares n'ont régné constitutionnellement parmi les peuples, pendant qu'ils cultivent les Lettres ? Oui, malgré les panégyristes exagérés d'un héroïsme presque sauvage, j'abhorre dans les mœurs de *Sparte* un prétendu sublime qui effarouche ou outrage la nature.

On sent bien qu'aux grands exemples de l'antiquité, qu'il se plaît d'exhausser et d'accommoder aux intérêts de son discours, *J. Jacques* ne manquera pas,

6

pour le succès de son roman, de réunir les belles mœurs des peuples helvétiques, qui, pourtant, ont eu leur *Gessner* et leur *Haller*. Mais nous observerons au sophiste de *Genève*, que dans les états même les plus vastes et les plus adonnés aux Sciences et aux Arts, les peuples qui habitent les contrées montagneuses ont en général des mœurs plus pures, plus austères que ceux qui habitent les plaines ; et que c'est par conséquent le plus ou le moins d'éloignement des richesses, du luxe et du commerce, qui rend les hommes plus ou moins corrompus.

Je crois déjà avoir assez fait sentir le faible des objections dont *Rousseau* a étayé son système : il ne me reste donc plus qu'à lui opposer des exemples qui le détruisent entièrement. Ainsi, ne pourrai-je pas lui demander quand est-ce que les royaumes de *Castille*, d'*Aragon*, de *Navarre*, furent comptés pour quelque chose dans les Sciences et dans les Lettres, pendant le long espace de temps que l'histoire fut avilie par leurs révolutions ? Et cependant, quelle série effroyable de crimes, d'assassinats, de trahisons, d'empoisonnemens, cette triple histoire n'offre-t-elle pas à la curiosité épouvantée ? Cependant les peuples que je viens de dénoncer ne sont connus ni par leurs statuaires, ni par leurs peintres, ni par leurs théâtres, ni par leurs orateurs. Ne puis-je pas en dire autant de la France pendant les deux premières races de nos Rois? La plupart des Français ne savaient alors ni lire, ni écrire; et cependant, quelles mœurs que celles d'un Clotaire Ier, d'une Frédégonde, d'une Brunehaut? Si je n'écrivais que pour des esprits vulgaires, combien il me serait aisé d'effrayer leur imagination par le spectacle odieux de tous les vices, de toutes les fureurs qui, sans interruption, dégradèrent les longs règnes de l'ignorance, et après des raisons tracées par le sang des victimes, qu'un sophiste déhonté ose placer les douces vertus de l'âge d'or loin du sanctuaire de l'instruction et de la politesse! Mais poursuivons.

C'était sans doute depuis long-temps un axiome reconnu par tous les publicistes, que le luxe et les richesses cachent, sous des dehors séduisans, les véritables poisons qui rongent les états. Ce fut donc une bien étrange nouveauté, dans le système des opinions, lorsqu'un paradoxe inconcevable osa attribuer aux Lettres des désastres qui ne sont pas leur ouvrage.

En effet, lorsque les commerçans de *Carthage* se brisèrent contre les armées romaines, ce n'était point certainement la culture des Sciences et des Arts qui avait, dans cette république, amolli les courages et détruit l'amour de la patrie. Non ; ce furent l'esprit mercantille et la passion des richesses. Cela est si vrai, que les plaisirs de l'imagination furent ignorés d'*Annibal*, d'*Hannon* ; et que les Carthaginois, préférant des comptoirs à des académies et des calculs à des poëmes, n'ont pas plus enrichi nos bibliothèques, que ne l'ont fait les *Eschimqux* et les *Patagons*. Lisaient-ils les poëtes ou les philosophes, ceux qu'Alexandre défit à Arbelles ? Non : c'étaient des hommes riches, ignorans, voluptueux, commandés par des satrapes qui leur ressemblaient : ce sont donc le seul luxe, les seules richesses qui énervent le courage des peuples ; et les Persans eussent valu les *Scithes*, s'ils n'avaient pas bu dans des coupes d'or. Bannissez les richesses, l'homme reste dans sa force. A quoi donc peut servir cette apostrophe insidieuse, introduite avec tant d'art par *Rousseau*, dans laquelle cet ingénieux sophiste, tout en exaltant la valeur française, déclare nos armées incapables de supporter de longues fatigues, parce que nous avons du luxe, des vers et des richesses ? Qu'aurait-il dit, ce novateur inconsidéré, s'il avait pu être le témoin des incroyables travaux, des efforts presque surnaturels, de tous les genres de sacrifices supportés pendant vingt ans par nos officiers et par nos soldats, en Europe, en Afrique, en Asie ? Il aurait vu des victoires admirables remportées à la fois par l'énergie des forces physiques, comme par le génie, comme par la valeur la plus inouie ; pour tout dire, en un mot, au milieu de nos camps chargés des dépouilles du monde, et parmi les trophées des Sciences et des Arts ; il eût trouvé aux *Alpes* les soldats d'*Annibal*, et par-tout la brillante intrépidité des héros des *Thermopiles*. Oui, aux yeux d'un observateur habile, tous les sophismes de *Rousseau* ne peuvent tenir contre un exemple auquel on ne peut rien opposer.

Ce n'est pas tout ; il me reste encore un point essentiel à discuter. S'il faut en croire *J. Jacques*, on ne verra jamais briller les Sciences et les Arts qu'à côté du luxe et des richesses : cet axiome est évidemment faux, si un exemple d'une

autorité majeure dépose le contraire.
Étaient-ils, en effet, les citoyens de *Siba-*
ris, les contemporains d'*Alcibiade*, les
fortunés commerçans d'Athènes dans son
éclat, ou les héritiers des dépouilles de
la Perse, ces Grecs qui virent naître parmi
eux *Hésiode* et *Homère?* Ce ne fut pas
certainement en présence des peintures de
Xeuxis, des statues de *Phidias*, des
belles colonnes de *Corinthe*, qu'Homère
produisit les deux chefs - d'œuvres de
l'esprit humain, et qu'Hésiode écrivit
l'histoire poëtique des dieux, et ses pré-
ceptes sur la vie rurale ; non, ce fut
parmi des Grecs, bien éloignés de la splen-
deur future de leurs enfans, et au milieu
des cités qui ne donnaient pas des cou-
ronnes d'or à leurs artistes. Voilà donc
le sophiste de Genève en défaut sur tous
les points, et son élégante déclamation
entièrement décréditée. On objectera peut-
être que la culture des Lettres n'étant
pas généralement répandue à ces âges re-
culés de la Grèce, on doit considérer les
productions d'*Hésiode* et d'*Homère*, sur-
venues comme par une espèce d'enchan-
tement, comme l'un de ces jeux ines-
pérés de la nature, d'où il résulte qu'un
événement semblable ne me donne rien

à gagner, ni à conclure contre l'opinion de *Rousseau*. Ah! combien il m'est aisé de détruire un raisonnement aussi absurde! En effet, comment concevoir la perfection de la langue grecque, à l'époque où elle fut employée avec un si grand succès par *Hésiode* et par *Homère*, si on voulait nous persuader que leurs contemporains étaient ignorans en littérature, en faisant le même reproche aux Grecs qui les avaient précédés?

. Raisonner ainsi, ce serait contredire toutes les leçons de l'expérience, ce serait méconnaître qu'une langue quelconque ne s'épure, ne se polit qu'après avoir été longt-temps exercée, travaillée par des hommes de goût, qui la dégagent insensiblement dans leurs écrits de tours vicieux, d'expressions impropres, manquant de clarté, d'élégance et d'harmonie. D'après ce principe incontestable, combien on est autorisé de penser que les Lettres avaient été depuis long-temps introduites et cultivées dans la Grèce, avant l'apparition d'*Homère* et d'*Hésiode*, puisque l'idiome dont ils se servirent éprouva peu de changemens après leur mort, puisque leurs ouvrages immortels firent les délices de la cour de *Pisistrate*, d'*Aspasie*, et qu'ils charmèrent les difficiles amateurs du plus pur atticisme ?

Comment d'ailleurs pourrait-on supposer les Grecs barbares ou indifférens pour les Lettres, à l'époque même encore plus reculée où ils parlaient avec un respect si religieux de leurs *Linus*, de leurs *Amphion*, et où ils divinisaient la mémoire du législateur des Thraces ? Il est en outre des inductions sûres, un genre particulier de conviction, dont la force, naissant de l'évidence des preuves et des principes reçus, devient en quelque sorte irrésistible. Combien, en effet, les combinaisons nécessaires pour la construction d'un poëme épique, tel que l'*Iliade*, supposent d'essais, de travaux antérieurs ? Les Arts ont une action progressive ; leur berceau ne peut pas tout-à-coup devenir leur trône ; et *Ennius* devait précéder *Virgile*, comme *Trissin* précéda le *Tasse*. Je dis plus ; non-seulement les Lettres devaient être en honneur dans la Grèce ou dans une partie de la Grèce, avant la naissance d'*Homère* et d'*Hésiode*, mais encore à l'époque où *Orphée* publia ses *quatre Chants* sur la conquête de la Toison d'or, puisque ce poëme fut depuis lu et vanté par tous les Grecs, long-temps

après

après que les chefs-d'œuvres de l'Iliade et de l'Odyssée eurent paru : ce qui ne serait pas arrivé, si la langue employée par *Orphée* avait été obscure, grossière ou imparfaite. Quel lecteur, en quittant *Andromaque* et *Cinna*, se condamnerait à lire aujourd'hui les drames de *Jodèle*, ou l'inintelligible *Franciade* de *Ronsard*?

Mais il est temps de terminer une discussion plus injurieuse en quelque sorte qu'apologétique pour les Lettres; car, devant les attaques de l'erreur, il doit suffire à la vérité de se taire et de se montrer. Ainsi, évitant de prolonger une défense juste, contre une agression inconcevable, j'irai autrement, et je soutiendrai avec assurance que bien loin que les Sciences et les Lettres nuisent aux empires, elles retardent au contraire l'époque de leur décadence, et qu'elles empêcheraient leur ruine, s'il était en leur pouvoir de détruire la sentence de mort portée contre toutes les institutions humaines. De quel secours, en effet, ne sont pas les Sciences à l'art militaire? Elles dirigent, fécondent, créent, si l'on peut parler ainsi, le génie des grands capitaines; elles agrandissent l'école de la victoire; elles font connaître les lieux; elles apprennent à égaler l'action à la distance;

7

elles conduisent l'attaque ou la défense d'un fort ; elles investissent nos villes de bastions, de redoutes ; elles sont les boulevarts des empires ; elles aident le courage ; elles suppléent à ce qu'il ne peut faire ; elles triomphent de leur propre ouvrage. D'un autre côté, les Lettres ne rendent point des services moins éclatans aux guerriers et à tous les citoyens. Elles font revivre les temps qui ne sont plus ; elles célèbrent les héros, ou immortalisent leur histoire ; elles ressuscitent sur nos théâtres les *Camille*, les *Hector*, et une heureuse illusion nous communique leurs passions pour les grandes choses. Par des hommages offerts à la valeur qui n'est plus, elles exaltent la valeur présente. Elles ne bornent pas là leurs bienfaits ; elles portent dans l'ame une douce sensibilité, sans rien ôter à son énergie ; elles adoucissent, elles consolent l'infortune ; elles défendent et tempèrent le pouvoir ; elles adoucissent l'âpreté des mœurs, et si du sauvage elles font un homme, de l'homme elles font un héros.

O superbe Albion ! les sanglantes rivalités qui, entre la *Seine* et la *Tamise*, ont entretenu autrefois de si longues inimitiés, ne m'empêcheront pas de me servir de l'exemple de tes prospérités pour le triomphe de la cause que je défends ! C'est donc toi que j'interroge, puissante et digne rivale de la nation française : dis-moi, lorsque tout l'or de l'Univers circule sur tes rivages, lorsque tu renfermes dans ton sein des particuliers plus opulens que des rois, dis-moi qui t'a sauvée d'une ruine attachée au luxe et aux richesses ? Si tu existes encore, n'est-ce pas par le bienfait d'une constitution que les seules lumières pouvaient te donner ? N'est-ce pas à l'Éloquence que tu dois tes mœurs politiques ? Les Lettres que tu cultives depuis deux cents ans ont-elles amolli le courage de tes guerriers ? Ils bravent les régions hyperborées et les climats brûlans de l'Afrique ; tes flottes embrassent les deux mondes. Mais si les Lettres ont élevé l'ame de tes enfans, les Sciences à leur tour ne te conservent-elles pas l'empire des mers, que tu n'as conquis que par leur secours ?

Après un tel exemple, ô *J. Jacques*, ô le plus perfide des orateurs ! sors à ma voix du sombre asile qui renferme ta cendre, et oses nous parler encore de tes sophismes et de ta haine contre les Lettres ! Oseras-tu leur attribuer des effets dont le luxe et les richesses sont les seuls coupables ? Pour justifier l'ignorance, oseras-tu nous vanter des sauvages, ou l'image stupide de ton *homme primitif*? Auprès de cette création burlesque, ressusciteras-tu le roman de tous les peuples, un âge d'or qui n'a jamais existé ? Détracteur d'une politesse qui peut méditer des perfidies, lui préféreras-tu des meurtres sans dissimulation, la franchise du *Caraïbe* immolant ses vieillards, ou celle du *Caffre* qui dévore ses prisonniers ? Poursuis, dangereux sophiste...... réédifie le genre humain qui n'a dégénéré que par l'effet de tes périodes ! Sur les constitutions de la vie sauvage jette les fondemens de nos chartes sociales, et que l'hébêtement, la loi du plus fort, un égoïsme farouche, le seul sentiment des besoins physiques, rétablissent parmi nous nos droits, la nature et nos primitives vertus ! Mais, à quel degré de civilisation si stricte et si épurée t'arrêteras-tu, qu'il ne soit tout souillé par les crimes et les passions ? Va.... c'est aux seules Lettres que tu proscris, à qu'il il appartient d'ennoblir les actions humaines, de décorer le trône des rois, les autels de la religion. L'abus de ces mêmes Lettres n'a commencé que par les écrits du premier fourbe qui te ressemblait ; et si dès-lors l'autorité avait été prévoyante, la terre n'eût pas été agitée par tes paradoxes, ni ensanglantée par des révolutions ! O J. Jacques ! je hais ta fausse humanité, tes vertus romanesques, ta simplicité fastueuse ; je n'envie que ton éloquence pour réparer le mal que tu nous as fait ! Que des enthousiastes et des insensés courent à *Erménonville* déposer sur ta tombe l'hommage de quelques vains lauriers, ma main vengeresse y gravera le nom des victimes que tes sophismes ont fait égorger !

OBSERVATIONS.

COMMENT Rousseau a-t-il pu nous citer les Chinois comme des hommes lettrés ? Pouvait-il ignorer que ce peuple n'a pas produit un seul livre de littérature qui jouisse de quelque réputation ; que sa langue, ses mœurs, ses lois, sa police, sont encore dans leur enfance ; que ses mandarins rendent la justice le sabre ou le bâton à la main ; que ce peuple enfin, insensible aux progrès des Sciences, ne témoigna ni plaisir ni surprise à l'aspect du premier vaisseau de ligne qui parut devant ses rivages ? Si donc les Tartares asservissent constamment les Chinois, ne cherchez les causes de cette servitude héréditaire parmi eux, que dans les seuls vices de leurs institutions primitives.

Croyez-vous que Rousseau soit de meilleure foi, lorsqu'il place toute l'énergie du courage et des forces physiques dans ces hordes barbares, dont les irruptions ont causé tant de maux à l'humanité? A quoi, d'ailleurs, servirait à ces mêmes Barbares un avantage dont ils ne tireraient aucun profit? En effet, leurs conquêtes ne passeraient-elles pas comme un torrent, si les Arts, les lumières et une sage politique ne les consolidaient pas? Clovis conquit les Gaules par la valeur des Francs; mais il ne fonda sa puissance qu'en adoptant les mœurs, la religion et les institutions des Gaulois.

Il est véritablement impossible de compter les contradictions sans nombre où Rousseau tombe, pour ainsi dire à chaque page, dans son trop célèbre discours. Sans doute il a grand soin de nous y parler de la mollesse des Persans, qu'il nous peint entièrement énervés par les richesses et par les Arts; mais il se garde bien de nous dire que ces mêmes Persans le cédaient en talens et en instruction aux Grecs, aux Macédoniens qui les vainquirent et les subjuguèrent.

Mais, que penser de *Rousseau*, lorsqu'il nous déclare *que les Sciences, les Lettres et les Arts étendent des guirlandes de fleurs sur les chaînes de fer dont sont chargés les hommes assemblés, et qu'ils leur font aimer leur esclavage?* Quelle fausseté! quelle calomnie! N'est-il pas incontestablement prouvé, démontré que le despotisme ne peut pas exister long-temps avec les lumières, et qu'il règne au contraire dans presque tous les lieux où les lumières ne sont pas? J'offre, pour appui de mon opinion, ces innombrables contrées soumises à l'ignorance, au mahométisme. Oui, si on voulait énumérer, rassembler toutes les raisons et tous les exemples qui déposent contre le système de J. Jacques, on écrirait un gros volume; et s'il fallait enfin, par une conclusion irrésistible, déjouer toutes les ruses d'un orateur qui nous égare à dessein, je n'aurais qu'à poursuivre son système jusque dans ses derniers retranchemens, et et ne laisser aucune ressource à la mauvaise foi, ni d'excuse à l'enthousiasme. En effet, à quoi tend tout le discours de Rousseau? Malgré quelques phrases équivoques, glissées avec art pour voiler ses projets ultérieurs, il tend à une proscription génerale, non-seulement des Sciences, des Belles-Lettres, mais encore du commerce, de tous les arts qui tiennent au luxe, à l'industrie, qui font circuler les richesses, entretiennent l'abondance, la prospérité, la population. Eh bien! supposez pour un moment quelque nation assez imbécille pour établir dans son sein la réforme prêchée par J. Jacques : vous la verrez par degrés se dépouiller de ses colléges, de ses sciences, de sa littérature, de son commerce, enfin, de tous ses arts. Insensiblement ses cités se changeront en hameaux, et sans les ressources de l'agriculture qui conservera une partie de ses habitans, ils deviendraient aussi rares sur cette terre philosophique, que l'eussent été pendant l'enfance du monde les prétendus *hommes primitifs* de J. Jacques, s'ils avaient pu exister ailleurs que dans son cerveau. Et qu'on ne pense pas que je cherche à exagérer dans le tableau des résultats que je présente ; j'ai pour garant de mon opinion l'un de ces profonds génies, qui ne créent pas des législations idéales, mais qui éclairent et perfectionnent celles qui existent ou qui peuvent seules exister. Je cite ses propres expressions :

« Supposons (dit Montesquieu) qu'on ne souffrît dans un royaume que les arts qui sont absolument nécessaires à la culture des terres, qui sont pourtant en grand nombre ; je le soutiens, cet état serait le plus misérable qu'il y eût au monde. En effet, quand les habitans auraient assez de courage pour se passer de tant de choses qu'ils doivent à leurs besoins, le peuple dépérirait tous les jours, et l'état deviendrait si faible, qu'il n'y aurait si petite puissance qui ne fût en état de le conquérir. Je pourrais (ajoute le même auteur) entrer ici dans un long détail, et faire voir que les revenus des particuliers cesseraient presque absolument, et par conséquent ceux du prince. Chacun ne tirerait de revenu que de sa terre, et n'en tirerait précisément que ce qu'il lui faut pour ne pas mourir de faim. Mais comme ce n'est pas la centième partie du revenu d'un royaume, il faudrait que le nombre des habitans diminuât à proportion, et qu'il n'en restât que la centième partie. » (*Lettres persanes*, *Usbech à Rhédi.*)

Je termine donc mes observations, par proclamer les Sciences, les Lettres bonnes et utiles par elles-mêmes, honorables aux hommes et aux empires : mais comme l'abus de l'art le plus parfait est à côté de l'art lui-même, c'est aux gouvernemens à prévenir, à extirper tous les abus qui peuvent nuire à l'ordre social.

FIN.

www.ingramcontent.com/pod-product-compliance
Lightning Source LLC
Chambersburg PA
CBHW061653180626
46818CB00003B/1083